John Lennon   Jean Jullien

IMAGINE

IMAGINA

Este libro es muy especial para mí. Las palabras fueron escritas por John, mi marido, y me hace muy feliz verlas ilustradas en este hermoso libro. Él escribió *Imagine* como un llamado de paz a todo el mundo. Hoy, necesitamos la paz más que nunca, por eso creo que sus palabras siguen siendo muy importantes.

Toda la gente quiere sentirse feliz y segura. Y cada uno de nosotros puede colaborar, a su manera, para hacer del mundo un lugar mejor. Siempre deberíamos tener amor en nuestros corazones y cuidarnos los unos a los otros. Siempre deberíamos compartir lo que tenemos y defender a las personas que son tratadas de manera injusta.

Y es importante que tratemos así a todos y no solamente a nuestros familiares y amigos. Deberíamos tratar a todos por igual, sin importar de dónde vengan o si hablan un idioma distinto. Después de todo, la paloma de este libro recibe con alegría a todas las otras aves, cualquiera sea el color de sus plumas o la forma de su pico.

De esta manera, todos podemos ayudar a lograr un cambio positivo en el mundo. Cada cosa buena que hagamos, por más pequeña que sea, puede hacer que el mundo sea cada día un lugar mejor. Tú puedes hacerlo, yo puedo hacerlo, todos juntos podemos hacerlo.

Imagina. Juntos podemos hacer que la paz sea una realidad. Y así el mundo realmente será uno.

—YOKO ONO LENNON

Traducción: Silvina Poch

V&R EDITORAS

en asociación con
Amnistía Internacional

It's easy if
you try.

Es fácil
si lo intentas.

No hell below us.

Ni infierno debajo de nosotros.

Above us only sky.

Arriba solo cielo.

Imagine all the people living for today.

Imagina a toda la gente viviendo el presente.

Imagine there's no countries.

Imagina que no hay países.

It isn't hard to do.

No es difícil hacerlo.

Nothing to kill or die for,

Nada por qué matar o morir,

and no religion too.

ni tampoco religión.

Imagine all the people living life in **peace.**

Imagina a toda la gente viviendo en **paz.**

You may say I'm a dreamer,

Podrás decir que soy un soñador,

but I'm not the only one.

pero no soy el único.

I hope some day you'll join us,

Espero que un día te unas a nosotros,

and the world will
be as **one.**

y el mundo
será **uno.**

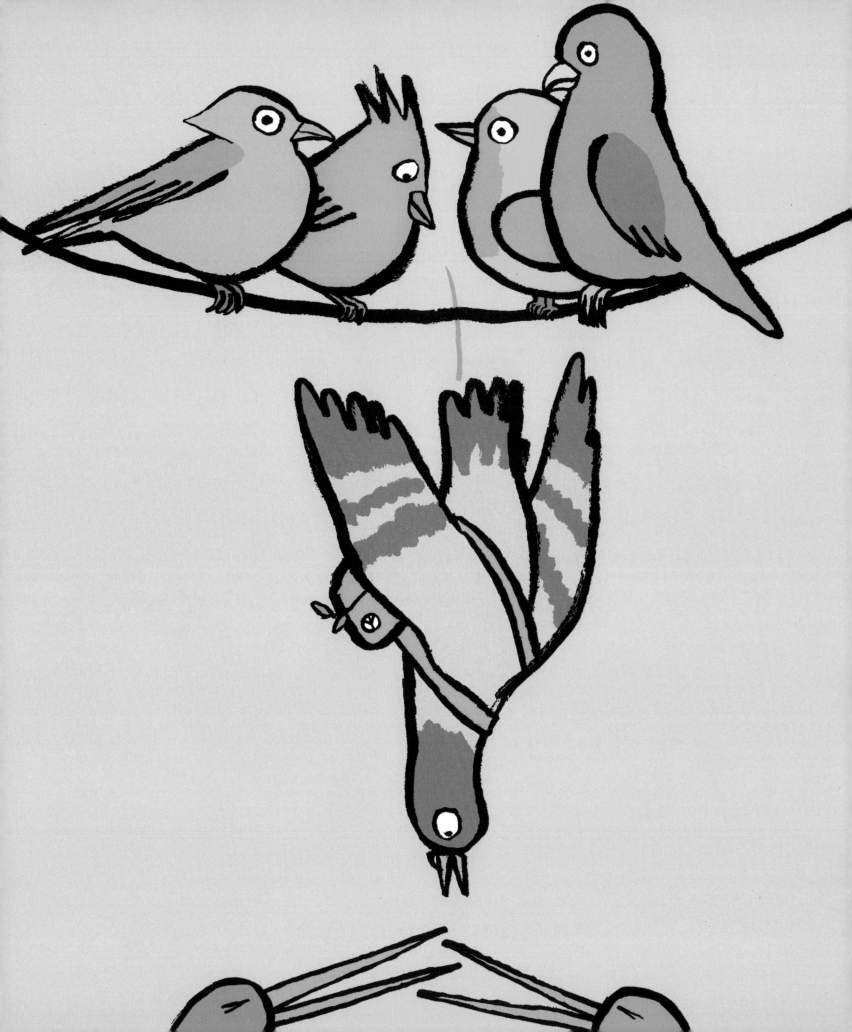

Imagine no
possessions.

Imagina que no hay
posesiones.

I wonder if you can.

Me pregunto si puedes.

No need for greed or hunger.

Ni necesidad de codicia
ni de hambre.

A brotherhood
of man.

Una hermandad
de hombres.

Imagine all the people
sharing all the world.

Imagina a toda la gente
compartiendo el mundo.

but I'm not the only one.

pero no soy el único.

And the world will
live as one.

y el mundo
será uno.

Letra original de la canción

Imagine there's no heaven.
It's easy if you try.
No hell below us.
Above us only sky.
Imagine all the people
living for today.

Imagine there's no countries.
It isn't hard to do.
Nothing to kill or die for,
and no religion too.
Imagine all the people
living life in peace.

You may say I'm a dreamer,
but I'm not the only one.
I hope some day you'll join us,
and the world will be as one.

Imagine no possessions.
I wonder if you can.
No need for greed or hunger.
A brotherhood of man.
Imagine all the people
sharing all the world.

You may say I'm a dreamer,
but I'm not the only one.
I hope some day you'll join us,
and the world will live as one.

Epílogo

Este libro es sobre la paz; ella nos ayuda a disfrutar de una vida feliz y segura. Para que florezca la paz, tenemos que tratar a todos con amabilidad, equidad y justicia.

También tenemos que cuidar algunas preciadas libertades llamadas derechos humanos, que nos protegen a todos. Los derechos humanos son para todos los bebés, niños y adultos del planeta. Se proclamaron por primera vez en 1948, cuando el mundo dijo "nunca más" a los horrores de la Segunda Guerra Mundial. Fue entonces que se proclamó la Declaración Universal de los Derechos Humanos. Estos derechos están arraigados en valores como equidad, verdad, igualdad, amor, pertenencia y seguridad. Son parte de aquello que nos hace humanos y nadie debería quitárnoslos.

Amnistía Internacional trabaja para proteger los derechos humanos de todos nosotros. Queremos agradecerles enormemente a Jean Jullien por sus hermosos dibujos y a Yoko Ono Lennon por su generosidad al permitirnos utilizar las maravillosas palabras de John Lennon en este libro.

Y queremos agradecerte también a ti, por ayudar a hacer del mundo un lugar mejor.

Gracias

Si eres un adulto que disfruta leyendo con los niños y quieres explorar los valores que se encuentran dentro de las historias, puedes encontrar actividades descargables en inglés de manera gratuita para este libro y para otros, en www.amnesty.org.uk/education

Amnistía Internacional México
Luz Saviñón 519
Col. Del Valle Norte, CP 03103
Del. Benito Juárez, CDMX.
Tel. (55) 4747-1659
info@amnistia.org.mx

Amnistía Internacional Argentina
Paraguay 1178 piso 10
(C1057AAQ) Buenos Aires
Tel: (5411) 48116469
contacto@amnistia.org.ar
www.amnistia.org.ar